Gracias a Bernadette, Karen y Maryse,
que me ayudaron, y a todos los que se ocupan
de nuestros hijos.

Para Léon, Margot, César, Félix
y todos los niños del edificio.

Título original: *L'école de Léon*
© 2000 Albin Michel Jeunesse
Publicado por acuerdo con Isabelle Torrubia Agencia Literaria

© 2020 Grupo Editorial Bruño, S. L.
Juan Ignacio Luca de Tena, 15
28027 Madrid
www.brunolibros.es

Dirección Editorial: Isabel Carril
Coordinación Editorial: Begoña Lozano
Traducción: Xavier Senín
Edición: María José Guitián
Preimpresión: Mar Garrido

ISBN: 978-84-696-2869-0
D. legal: M-14974-2020
Printed in Spain

PAPEL DE FIBRA
CERTIFICADO

Serge Bloch

El primer día ~~al~~ de

cole

ⓑ Bruño

¡Sí, sí, ya lo sé!

No se dice el primer día al cole, sino el primer día de cole.
Me lo explicó Karina, y Karina es mi profe.

Karina es muy guapa porque tiene una melena muy larga,
como las princesas.
Ahora tengo una profe porque voy al cole de los mayores.
Queda en lo alto de la cuesta donde está mi casa.

Es muy fácil,
porque por la mañana
solo tenemos que...
subir.

Y por la tarde,

bajar.

Antes iba al cole de los bebés.

Pero ahora soy mayor y ya no uso pañales...

Por eso voy al cole de los mayores desde principio de curso.

El principio de curso es el primer día que vamos al cole.
Ese día mamá me despertó muy pronto.
«¡Arriba, León! Tienes que levantarte...», me dijo.
«¡Déjame dormir! ¡DÉJAME DORMIR!», le contesté yo.

No quería salir de la cama. Todavía tenía sueño.
Porque, como era de esperar, la noche anterior
tuve que levantarme en busca de...

un vasito de agua,

un cariñito de mamá,

un cuento

y un besito de papá.

Pero mamá volvió a la carga: «¡Vamos, León, levántate!
¡Hoy empieza el cole y no podemos llegar tarde!».

Así que por fin me levanté. Me vestí... Bueno, mamá me ayudó un poco...

Me tomé un desayuno enorme y..., hala, ¡nos pusimos en marcha!

Por el camino iba un poco nervioso,
pero mamá y papá me dijeron
que iba a hacer un montón de amigos.
Además, estaré con mi hermano mayor.
«¡Ánimo, León, vamos allá!», exclamaron.

¡Y entonces... empezó todo!

Al llegar nos colgaron un cartel al cuello.
Todos los niños tenían uno, como las etiquetas de las tiendas.
A lo mejor iban a vendernos… Pero no, papá me explicó
que ponía mi nombre, y también el de mi profe…

Al entrar, saludamos a la señora Redondo, la directora.

Y fuimos a una habitación muy muy grande...
Era la clase de los pequeños de Karina.

¡Aquello era horrible!

Había un montón de niños llorando,
parecían sirenas de policía.
Y un montón de padres que intentaban consolarlos.
En medio, como en una isla,
estaba Karina, con su melena larga, como las princesas.

¡Así que aquello era el cole!...
Le apreté la mano a mamá
y noté como si ella llorara por dentro
para que no se notara.

Mis padres hablaron con Karina
y dieron una vuelta por la clase. Después me dijeron adiós.
En ese momento, vi una lagrimita en uno de los ojos de mamá.
A las mamás el primer día de curso tampoco les resulta muy divertido...

Y entonces, ¡hala!, se marcharon.

Ese día hicimos un montón de cosas: pusimos pegatinas,
Karina nos cantó canciones, merendamos...
Todos menos los que no pararon de llorar.

Por la tarde mamá fue a buscarme... ¡Uf, qué bien!
Le dije: «¿Ves, mamá? Se acabó el cole.
Ya no tengo que volver».

Pero mamá me contestó que había cole todas las mañanas.
«¡Ay, ay, ay, entonces el primer día de clase se repite todas las mañanas!», pensé.

Pero ahora…

¡me encanta mi cole!

Hay muchos mayores que se ocupan de los niños:

La señora
Redondo,
la directora.

Coralia, la profe
de música
de los que no son
tan pequeños.

Ronaldo,
el profe
de plástica.

Ana, la profe
de mi hermano.

Karina, mi profe.

María Luisa,
la profe de
jardinería.

Yolanda,
la vigilante.

Silvia,
que ayuda
a las profes.

Rachida,
la encargada
del comedor.

Natalia,
que ayuda
a Rachida.

Además, tengo muchos amigos.

Lisa, la llorica.

Marga.

Mario, que Karina dice que siempre está en la luna.

César, mi compañero de peleas.

Lucía, la que lo sabe todo.

Félix.

Marcelo, que nunca se está quieto.

Antolín,
el rey de los chistes.

Zoe y su
chupete.

a, que
mpre está
amorada.

Todo lo que no podemos hacer

Pelearnos

Arañarnos

Llevar juguetes al cole

Arrancar las plantas

Jugar en el tobogán cuando está mojado

Subirnos a los lavabos

Jugar con agua

Atascar el váter con papel

Empujarnos en las escaleras

Deslizarnos por la barandilla

En el cole hay varias clases:
las de los pequeños, las de los que no son tan pequeños,
las de los medianos y las de los mayores.
Mi hermano es mediano. Su clase está arriba.

La mía queda al final del pasillo.
Cuando llego, cuelgo el abrigo donde está mi foto.
Le doy un beso de despedida a mamá y, hala, ¡a trabajar!

En la clase cada uno escoge una actividad.
Si quiero ir a jugar al garaje, me pongo el collar azul.
Hay un color de collar para cada actividad.

Pero en el garaje ya está César.
César es mi compi. El caso es que ahora
se ha apoderado de la camioneta roja, justo la que yo quiero.

Llega Karina, nos separa
y nos explica que en el cole debemos compartir los juguetes,
y que cada uno podrá jugar con la camioneta cuando le toque.
Eso se llama «VIVIR EN SOCIEDAD».

Pues vaya, ¡yo sigo teniendo ganas de jugar con la camioneta!

Después nos sentamos todos alrededor de Karina,
cantamos y hacemos mímica con las manos.

Algunas canciones que canta Karina

En la granja de Francisco

En la granja de Francisco
todos cuentan hasta cinco:
uno, dos, tres, cuatro y cinco.

Los dedos

Este fue a la granja,
este cogió un huevo,
este lo puso en la sartén,
este lo cocinó y este gordito
se lo comió, se lo comió,
se lo comió.

La familia Tortuga

Nunca se ha visto,
nunca se verá
a tantas tortugas
ratones cazar.
El papá Tortuga,
la mamá Tortuga
y los niños Tortuga
marchan al compás.

Luego viene la clase de gimnasia y hacemos ejercicios. Hay que ser muy valiente, porque a veces es muy peligroso: practicamos el equilibrio.

Enseguida viene el almuerzo. Hoy me toca a mí repartirlo:
galletas y un cartón pequeño de leche para cada uno.

Después salimos al recreo. Mis compañeros y yo montamos
en unas bicicletas pequeñas y gritamos, gritamos, gritamos.

Cuando volvemos a clase,
dibujamos y jugamos
con plastilina.

Después vamos a hacer pis
y a lavarnos las manos
antes de ir a comer.

¡El comedor es una chulada! Yo como de TODO
porque comer, jugar y aprender
ES MI TRABAJO.

Al acabar, dormimos la siesta con el peluche que dejamos en el cole,
porque estamos cansados de lo mucho que hemos trabajado.

Más tarde nos levantamos y nos volvemos a vestir.
No es nada fácil porque te puedes equivocar de pie.

Entonces Karina nos cuenta cuentos.

Mis canciones favoritas

Un elefante se balanceaba

Un elefante se balanceaba
sobre la tela de una araña,
como veía que no se caía
fue a llamar a otro elefante.
Dos elefantes se balanceaban
sobre la tela de una araña,
como veían que no se caían
fueron a llamar a otro elefante.

En el piso

En el piso una araña
unas botas tricotaba.
En un frasco un caracol
se ponía el pantalón.
En el prado la cigarra
tocaba la guitarra.
Los ratones caminaban
al son de una fanfarria.

Un tití

Un tití muy chiquitín
se balanceaba.
¡Viene y va! ¡Viene y va!
Una boa medio loca
poco a poco se acercaba.
Sis, sis, sis, sis, sis, sis...
El tití escapó de allí.
¡Qué requetelisto!

La araña Mariló

La araña Mariló
pasea por el canalón.
De pronto empieza a llover
y está a punto de caer.
Tras la lluvia sale el sol,
y Mariló
a tejer.

Al final llega la hora de las mamás y los papás.
Eso significa que los padres vienen a buscarnos,
aunque a veces vienen los abuelos u otras personas que nos cuidan.

El caso es que a esa hora
se acaba el cole...

y entonces vuelvo a casa.

En mi cole
tengo muchos amigos.
A veces lloro,
a veces río.
¡En mi cole
crezco y me hago

mucho más MAYOR!